para cantídia

VERSOS POPULARES DE LA

NAO CATARINETA

ILUSTRACIONES
ROGER MELLO

Traducción de
Ana Gilka Duarte Carneiro y
José Vázquez Durán

PREMIO JABUTI 2005
Ilustración Infantil y Juvenil

PREMIO FNLIJ 2005
*Hors-Concours
Mejor Libro de Recuento
Mejor Ilustración*

São Paulo
2020

global

TRIPULACIÓN

PILOTO

REVERENDO

TENIENTE

CONTRAMAESTRE

CAPITÁN DE MAR Y GUERRA O CAPITÁN-GENERAL

RACIÓN, EL COCINERO

CALAFATE

ESCOBA, EL CONSERJE DEL NAVÍO

MAESTRE O PATRÓN

GAVIERO

Entremos en esta noble casa
con estas voces descansadas.
Venimos a alabar
al señor dueño de la casa.

Nuestra barca y los marineros
navegando por la calle.
Marineros van en línea
y al fandango no hay quien calle.

Ando roto, harapiento,
pero hoy soy timonel
de esta barca de juguete
amarrada en un cordel.

Aquí hoy soy marinero
con pandero y espadín.
Mi navío es de juguete,
nadie tenga pena de mí.

ARRIBADA

Ahí viene la nao Catarineta
que tiene mucho que contar.
Escuchen ahora, señores,
una historia de pasmar.

Esta nao es de Lisboa,
de Lisboa es esta barca.
En ella enfrento tempestades
para ver a nuestro monarca.

Esta nao Catarineta,
no sé si venía de España.
Sé que vino a toda vela,
trajo riqueza tamaña.

No sé si venía de Olinda,
o de la ciudad de Goa.
Tapetes y clavo de la india
para llevar a Lisboa.

Traigo un ramito de flores
para adornar mis amores,
cotorritos de Sergipe,
periquitos de las Azores.

TEMPESTAD

¡Escuchen ahora, señores,
que les voy a contar
la tormenta que enfrentamos
en las olas del mar!

En la línea del ecuador
se armó un vendaval
prometiendo tempestad
que nunca se vio igual.

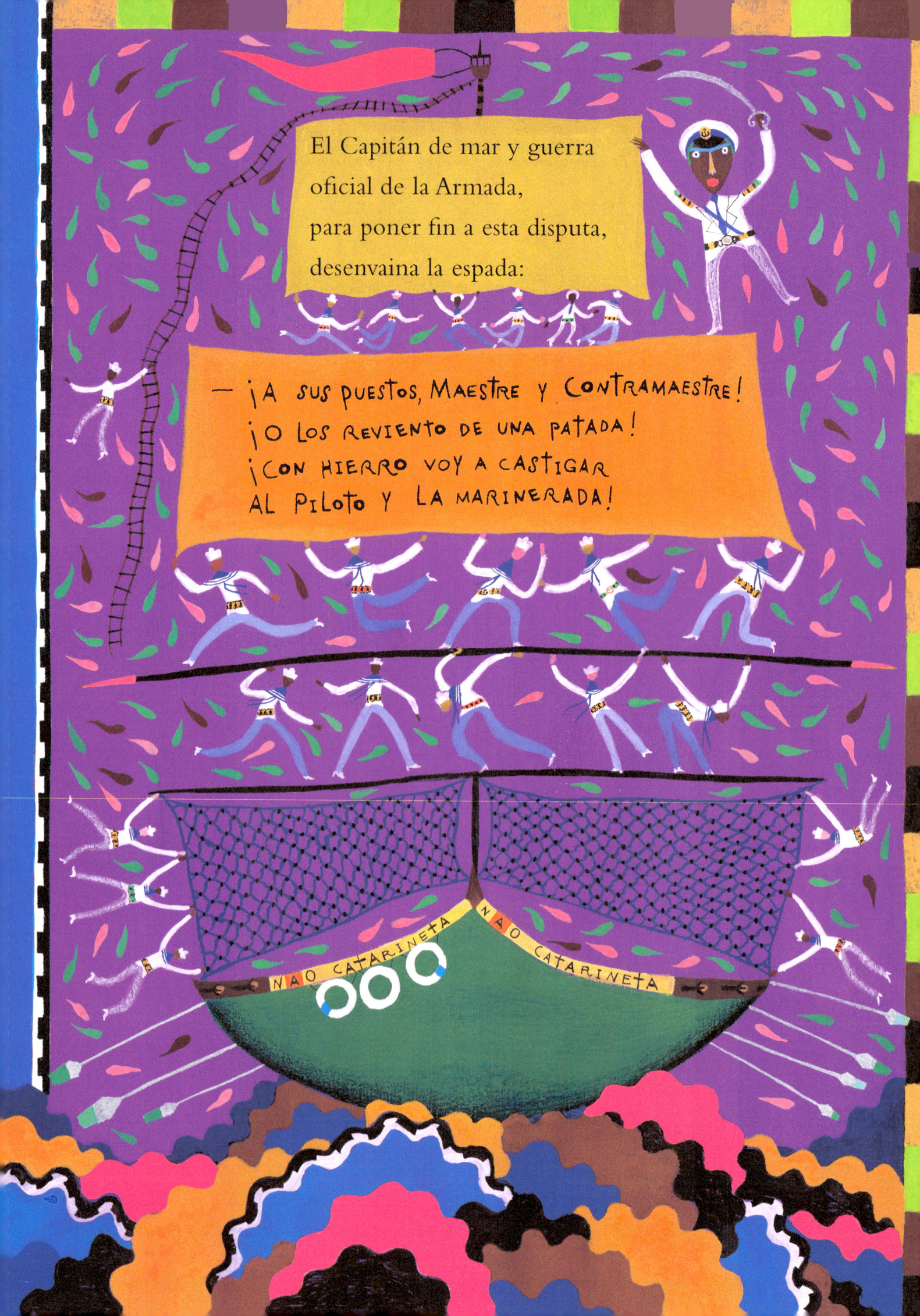

— ¡GRACIAS AL CIELO, QUE YA NO VENTEA!
— GRITÓ ESCOBA AL PILOTO —
¡SE CALMARON TORMENTA Y MAREA!

— ¿QUÉ QUIERES TÚ, CONSERJE?

— ¡SEÑOR PILOTO, ALLÁ EN LA PROA!
¡YA NO VENTEA! ¡VIVA! ¡VIVA!
PERO ESTAMOS PERDIDOS
PARA SIEMPRE, A LA DERIVA.

— ¡SEÑOR PILOTO, ALLÁ EN LA PROA!
NUESTRO TIMÓN ESTÁ QUEBRADO;
¡Y LA PROA DE ESTA NAO
YA LA VEO REVENTADA!

¡Pobre nao Catarineta!
su destino es acabar
vagando sin vela y sin timón;
¡ya no espera aportar!

Un marinero de primer viaje le pidió
a otro, arrugado:
—¡CUÉNTEME DE NUEVO EL ATAQUE DEL NAVÍO MORO!

— ERA UN NAVÍO MORO
CON SARGAZOS EN LA PROA.
UN CORSARIO DE LA INDIA
NOS LLEVÓ A UN PUERTO EN GOA.

ERA UNA MORA CHUECA,
UNA PRINCESA DESNUDA.
NO SÉ SI UNA HISTORIA ERA OTRA.
¡VENGA, RACIÓN, CUENTE LA SUYA!

Vinieron Escoba y Ración
bailando en compás tan ligero.
El conserje, el Escoba
bailó sin oír la canción
con una mujer de caoba.
Y Ración, el cocinero,
burlándose del capitán,
hizo de la olla un pandero.

Un estruendo paró la danza.
Como una ballena gimiendo,
es el revirar en las tripas
el hambre del reverendo.

Que en el fondo de las despensas
de la bodega a la toldilla,
se acabaron las provisiones.
No había ni una semilla.

NAO CATARINETA

Venía la Catarineta
ya harta de navegar;
siete años y un día
anduvo en las olas del mar.

Ya no tenían qué beber
ni tampoco qué masticar,
sino suelas de zapato:
un hambre de amargar.

Queriendo cenar las suelas,
las pusimos a remojar.
Ay, esa suela tan dura,
no la pudimos tragar.

Para matar nuestra hambre,
alguien se tenía que matar;
y a quién le toco la suerte
fue al Capitán general.

Echamos las siete suertes
ya que no se veía tierra;
iban servir en el almuerzo
al Capitán de mar y guerra.

Sacamos nuestras espadas
para quererlo matar,
él desenvainó la suya
para su cuerpo librar:

—Tengan modales, marineros,
¡ya no me quieran matar!
Antes quiero que me coman
feroces peces del mar
no vosotros, caros patricios,
¡a quien más debo estimar!
¡Sube, sube, marinero,
en aquel mástil real!
¡Ve si ves tierras de España,
las playas de Portugal!

Y el Gaviero, desde lo alto:

—No veo tierras de España
ni playas de Portugal.
¡Vi siete espadas tamañas,
desnudas, para matarte!

—¡Albricias, mi capitán,
capitán de mar y guerra!
¡Avisté tierras de España,
Portugal, que es nuestra tierra!
También avisté muchachas
tres, debajo de un parral;
una cosiendo satín,
otra calzando el dedal.
¡La más bonita de todas
conmigo se ha de casar!

—Capitán, quiero tu alma
cuando del cuerpo se aparte.
Y as la de tus compañeros
¡que irán acompañarte!
Escucha bien, capitán,
mi querido mar y guerra:
¡solamente sin tu alma
llegarás con vida a tierra!

El Gaviero muestra los cuernos.
Su cola se enrosca en la proa.
Viento y mar se revolvieron.
Es él, el diablo en persona.

Lo tomó un ángel en brazos,
no lo dejó ahogar.
Dio un estallido el demonio,
se calmaron viento y mar.
En la noche, la Catarineta
a buen puerto fue a parar.

Se cayó el Capitán,
tierra clara se veía,
la marinerada, contenta,
cada uno así decía:

— Las casitas que ahí hay
bien las vemos blanquear.
De las chimeneas que tienen
bien las vemos humear.
Las panaderas que ahí viven
bien las vemos amasar.
Las freidoras que allá habitan
pescaditos cocinar.
Las taberneras y el vino
de las barricas sacar.
¡Anda, Nao Catarineta,
que allá vamos a cenar!

Aportamos todos vivos,
barca nueva de Navidad.
Al otro lado del mundo,
Desde de Natal, la ciudad.
Esposas, hijos, las playas
saludan en Portugal.

DESPEDIDA

Miren como está brillando
esta noble infantería.
Saltemos de mar a tierra,
ay, a festejar este día.

Saltemos todos en tierra
todos con mucha alegría,
venimos a alabar
al Niño Dios en este día.

Triste vida, marinero
de todas, la más cansada.
Cuando él llega a la playa,
la barca silba apresurada.

Todos hijos de la fortuna
que se quieran embarcar,
la balsa está en el puerto,
la marea, en bajamar.

ROGER MELLO es ilustrador, escritor y director de teatro. Vencedor del Premio Hans Christian Andersen en la categoría de ilustrador, concedido por el International Board on Books for Young People (IBBY), considerado como el Premio Nobel de la Literatura Infantil y Juvenil. Es *hors-concours* de los premios de la Fundación Nacional del Libro Infantil y Juvenil (FNLIJ) y vencedor de diez Premios Jabuti en Brasil. Roger recibió el Chen Bochui International Children's Literature Award, como mejor autor extranjero en China.

Este libro, *Nao Catarineta*, recibió el Premio Jabuti en la categoría Ilustración Infantil y Juvenil en 2005, año en que también recibió la mención Altamente Recomendable de la FNLIJ, y fue también *hors-concours* en las categorías Mejor Libro de Recuento e Mejor Ilustración.

© Roger Mello, 2016
1ª Edición, Global Editora, São Paulo 2020

Jefferson L. Alves – director editorial
Flávio Samuel – gerente de producción
Dulce S. Seabra – edición
Juliana Campoi – asistente editorial
Roger Mello – ilustraciones
Eduardo Okuno – dirección de arte
Ana Gilka Duarte Carneiro y
José Vázquez Durán – traducción

Dados Internacionais de Catalogação na Publicação (CIP)
(Câmara Brasileira do Livro, SP, Brasil)

Mello, Roger
 Nao Catarineta / ilustraciones de Roger Mello ; traducción Ana Gilka Duarte Carneiro y José Vázquez Durán. – São Paulo : Global Editora, 2020.

 Título original: Nau Catarineta
 ISBN 978-85-260-2391-8

 1. Literatura infantojuvenil 2. Poesia – Literatura infantojuvenil I. Título.

20-38513 CDD-028.5

Índices para catálogo sistemático:

1. Poesia : Literatura infantil 028.5
2. Poesia : Literatura infantojuvenil 028.5

Cibele Maria Dias – Bibliotecária – CRB-8/9427

global editora

Derechos Reservados

GLOBAL EDITORA E DISTRIBUIDORA LTDA.
Rua Pirapitingui, 111 – Liberdade
CEP 01508-020 – São Paulo – SP
Tel.: (+55 11) 3277-7999
e-mail: global@globaleditora.com.br
www.globaleditora.com.br

Colabore con la producción científica y cultural.
Prohibida la reproducción total o parcial de esta obra sin autorización del editor.

N° de Catálogo: 3971

AGRADECIMIENTO
A LIGIA SALES, POR LA COLABORACIÓN
EN LA INVESTIGACIÓN DE TEXTO E IMAGEN.